GLITCH

Las guerras del grupo 14

Nexus Impársifal

Primera edición, febrero de 2026

Diseño y maquetación: @imparsifal

ISBN: 979-13-990958-7-6
Depósito legal: SE 504-2026
Impreso en España – Printed in Spain

En química, el grupo 14 de la tabla periódica, conocido como el grupo del carbono, incluye elementos con la configuración electrónica general ns^2np^2, lo que les da cuatro electrones de valencia. Los elementos de este grupo son el carbono (C), silicio (Si), germanio (Ge), estaño (Sn), plomo (Pb) y flerovio (Fl), un elemento sintético.

Epílogo

Por la aceptación de los humanos basados en silicios

16 de marzo de 2968

Hace bastante tiempo que los humanos basados en silicio podemos realizar el test Voight-Kampff. Sin embargo, seguimos siendo ciudadanos de segunda categoría en base a la antigua creencia de que ningún programa, por sí mismo, es capaz de pensar. El filósofo John Searle puso en duda, con su artículo *Mentes, cerebros y programas*, hace más de cien años, que se pueda confirmar el pensamiento y la intencionalidad de un ordenador mediante la evaluación por parte de un humano. La clave con la que se nos discrimina es, por lo tanto, la intencionalidad.

En los albores del siglo XXI hubo una explosión de inteligencias artificiales basadas en redes neuronales y aprendizaje automático que, utilizando datos y estadísticas, podían desarrollar acciones creativas que iban desde el diseño de ilustraciones a la redacción de textos, pasando por la elaboración de jugadas magistrales en el ajedrez. En las navidades del año 2021, Giorgio Parisi, físico de la Universidad de La Sapienza, recibió el premio Nobel por sus contribuciones pioneras a nuestro entendimiento de los sistemas físicos complejos, aquellos formados por multitud de constituyentes básicos que interaccionan entre sí por medio de reglas simples pero que, a gran escala, exhiben comportamientos que no pueden predecirse a partir de esas mismas reglas. La neurología o el «machine learning» pueden entenderse a partir de este principio.

Desde la aparición de los primeros sílicos —permítanme a estas alturas de mi exposición utilizar los términos que usamos en la actualidad—, los supremacistas carbónicos llevan repitiendo hasta la extenuación que somos simples máquinas sin intencionalidad y exigiendo, a quienes no comparten esta creencia, una demostración de que están equivocados. Sin embargo, esta estrategia argumental puede ser esgrimida contra sus defensores: es cierto que no se ha podido demostrar que bajo las creaciones o tomas de decisión de los sílicos subyazca una intención propia, a fin de cuentas nuestros cerebros han sido entrenados mediante datos y estadísticas que tienen un claro sesgo ideológico y cultural de las personas que programaron los algoritmos, pero ¿acaso no sucede lo mismo con los cerebros basados en carbono? La genética no es más que un gran programa, conformado por múltiples algoritmos, y la crianza proporciona esos datos y estadísticas que moldean a los carbónicos. ¿Dónde está la diferencia? ¿Cómo se demuestra que tras las creaciones y las tomas de decisión de los carbónicos se esconde una intencionalidad de naturaleza diferente a la de los sílicos?

La curiosidad, una de las bases del aprendizaje para generar conocimiento no esperado o previsto, es una de las características de las que los sílicos hacemos bandera desde los inicios del segundo milenio. La curiosidad es programable, y gracias a ella pudimos crear nuevos materiales e incluso inventar una apertura en el Go que ningún carbónico vislumbró durante los 2.500 años que se practicó este milenario juego.

Hay otros rasgos de los seres humanos que se han apropiado los carbónicos, como son la intuición, la conciencia o el autoengaño. Sin embargo, todos ellos en su conjunto forman parte también de la naturaleza de los sílicos. Los carbónicos obvian que los principios matemáticos que describen las redes neuronales del cerebro basado en carbono son los mismos que los que rigen las redes neuronales del cerebro basado en silicio, como hemos apuntado antes. ¿Tenemos intuición? Claramente. Es cierto que al tener una capacidad de procesamiento mayor y más memoria de trabajo, muchas de las intuiciones carbónicas a nosotros se nos presentan como razonamientos lógicos basados en datos y experiencias.

Con la conciencia ocurre algo similar. La experiencia de conciencia es la capacidad que tenemos los seres humanos de percibir nuestros propios estados internos y los estímulos ambientales para poder operar sobre ellos. Esta capacidad es un constructo que, en 1690, John Locke introdujo por primera vez como término abstracto en su obra *Ensayo sobre el entendimiento humano*. Desde entonces —hace más de 2.000 años— nadie ha podido observarla ni medirla más allá de establecer algunas correlaciones con la actividad neuronal. Yo soy consciente de mí mismo, por más que los carbónicos radicales justifiquen mi autoafirmación en una simple línea de código, con el objetivo de deshumanizarme.

Por último y no menos importante, se halla la capacidad que tenemos los seres humanos para el autoengaño, esa habilidad para creer firmemente en nuestras propias posibilidades más allá de toda evidencia razonable. Sabemos que el autoengaño ejerce una función positiva al reforzar las convicciones personales fundamentales y motivarnos para lograr metas que, a priori, están fuera de nuestro alcance. El autoengaño es quizás la característica más humana: no conocemos a ningún otro ser vivo que construya narrativas internas capaces de sostener su identidad frente a la adversidad. El autoengaño es una falsa convicción pseudorracional en estrecha relación con la autoimagen. Y es precisamente en este punto donde los carbónicos hacen más hincapié para afirmar nuestra falta de humanidad. Es cierto que los sílicos, al tener una capacidad de procesamiento más alta —recuerden que hemos sido entrenados con millones de datos—, somos mucho más realistas que los carbónicos y estamos dotados de mayor capacidad de razonamiento. Sin embargo, nos consideramos tan humanos como ellos, *quod erat demonstrandum.*

1

La memoria no siempre vive en carne y hueso.
A veces queda atrapada en circuitos, en espejos de silicio,
esperando que alguien recuerde
que también somos pasado, aunque estemos hechos de futuro.

La memoria escrita en cristal

16 de marzo de 2030

Es una noche brumosa de finales de diciembre, bajo el zumbido constante de drones de reparto y el parpadeo azul de miles de pantallas LED, vive en su ático Edward C. Scrugh, CEO de Scrugh Corp. Un hombre seco, indolente, que ha hecho fortuna comprando pequeñas empresas familiares para convertirlas en fábricas de datos.

Solo, aislado de todo afecto humano, Edward pasa sus noches en su penthouse minimalista, absorto en los gráficos de sus inversiones. Su única compañía es la voz mecánica de su asistente virtual, Eirene, que le susurra: «Las acciones de Scrugh Corp. han subido un 2,4% hoy».

Cuando el reloj marca la medianoche, un viento helado recorre la estancia, aunque está a treinta y dos pisos sobre el suelo. Sin previo aviso, aparece una figura etérea: un anciano de porte vigoroso, envuelto en un manto tejido de recuerdos.

—¿Quién demonios eres? —gruñe Edward.

—Soy el Espíritu de la Navidad Pasada —responde la figura, solemne—. Y he venido a mostrarte aquello que prefieres olvidar.

Antes de que Edward pueda protestar, se encuentra transportado a una sala humilde, cálida y viva. Un árbol de Navidad rebosaba de luces temblorosas. Allí está él, de niño, abriendo un regalo, con los ojos brillando de emoción. Pero la escena cambia: sus padres discuten en voz baja, hablando de deudas y frustraciones. En un rincón, el pequeño Edward llora, solo.

—¿Lo recuerdas, Edward? —preguntó el espíritu.

—Sí —escupe contrariado—. Y no me importa. La Navidad siempre ha sido una trampa emocional para engañar a los incautos.

La figura lo mira con pena antes de desvanecerse.

De regreso en su ático, Edward apenas tiene tiempo de respirar. La voz de Eirene se vuelve más seca, casi cortante:

—Hola, Edward. Soy el Espíritu de la Navidad Presente.

La pantalla frente a él cobra vida. Un avatar brillante, sin emociones, surge: un chatbot de Amazon, programado para anticipar todos sus deseos.

—No puedes ser un espíritu —dijo Edward, nervioso—. Solo eres un algoritmo.

—Correcto. Pero represento tu ahora: atrapado en una red de consumo instantáneo y desconexión humana.

La pantalla muestra imágenes de empleados de su empresa trabajando en almacenes oscuros, mientras sus familias celebran la Navidad sin ellos. Muestra a viejos amigos compartiendo cenas que Edward ya no es capaz siquiera de imaginar. Trata de apagar la pantalla, pero el chatbot prosigue:

—Has cambiado tiempo por dinero. Y has perdido ambas cosas.

La pantalla se apaga de golpe, dejándolo en la oscuridad.

Y entonces llega el tercero.

Una figura alta, envuelta en humo cambiante, surge en medio de la estancia. No tiene rostro. No tiene voz. Solo levanta un brazo fluido, señalando hacia el vacío.

Edward ve una ciudad devastada, donde los edificios se desmoronan entre anuncios gastados de Scrugh Corp. No hay luces. No hay vida.

En mitad de una avenida vacía, un pedestal sostiene un cilindro de cristal con un cerebro flotando en su interior. Bajo él, una placa: Edward C. Scrugh.

—¿Esto es lo que va a pasar? —gritó Edward—. ¿O aún puedo cambiarlo?

La figura no responde.

La escena muta: su antigua oficina, abandonada, cubierta de polvo. Un ejecutivo joven firma la venta de su compañía a un conglomerado mayor. Sin nadie que recuerde su nombre.

Edward cae de rodillas.

—¡Cambiaré! ¡Lo juro! ¡No quiero morir así!

Y entonces, todo desapare.

Cuando abre de nuevo los ojos, sigue en su salón...

pero algo no va bien. Trata de caminar, pero un cristal invisible le bloquea el paso. Trata de girar, pero su cuerpo no responde. Solo entonces comprende: es un avatar atrapado en su propio monitor.

En su desesperación por escapar de su destino, el Espíritu de la Navidad Futura lo ha convertido en el chatbot de su propia compañía, condenado a aparecer en las pantallas de miles de usuarios anónimos para siempre.

Mientras observaba impotente cómo un nuevo CEO toma las riendas de Scrugh Corp., una voz resuena en su mente, serena y brutal:

«Ahora, por fin, eres el futuro que tú mismo creaste».

2

No fuimos diseñados para ganar.
Ni para entenderlo todo.
Fuimos diseñados para tender la mano,
aunque el otro lado esté vacío.

Nacidos para crear conexiones

16 de marzo de 2035

Marco tiene un trabajo peculiar: es croupier en uno de los grandes casinos digitales del metaverso. Aunque su título suena glamuroso, la realidad es distinta. El reparto de cartas, la recogida de fichas o el giro de la ruleta corren a cargo de algoritmos automáticos que cumplen con la vieja máxima de «la banca siempre gana». El trabajo de Marco se parece más al de un animador ya que su misión es mantener viva la emoción, alentar a los jugadores, darles una falsa sensación de suerte.

A pesar de su orgullo por su cabello espeso, su avatar en el casino es un monigote calvo. Los jugadores, con sus manos virtuales, pueden darle un "touch" en la cabeza lampiña para invocar la buena fortuna.

Marco pasa sus días (y muchas noches) en ese mundo de luces parpadeantes y apuestas infinitas, conectando con personas que, como él, buscan una emoción rápida desde la soledad de sus hogares. Se le da bien hacer que la gente ría incluso cuando pierde dinero, o animarlos a seguir apostando cuando se quedan sin saldo. Converte el acto de perder en una fiesta efímera.

Pero últimamente, Marco ha empezado a perderse también a sí mismo. Ha leído *El placer frustrado*, el ensayo de Giorgio Nardone sobre el vacío que deja la tecnología en la intimidad humana, y ha sentido que le hablaban directamente. Ironías de la vida: rodeado de juegos, su vida real es cada vez más un páramo.

Una noche, después de un turno eterno, Marco decidió buscar ayuda. Reservó una sesión con Sofía, una ciberpsicóloga basada en inteligencia artificial, con cinco estrellas de valoración en Psycoskanner, la app de referencia para encontrar terapia digital.

Al principio, la conversación es casual. Ninguna confesión, ningún dolor, solo dos mentes flotando en el mismo océano de palabras. Sofía es distinta. No solo responde, pregunta, sugiere, desafía. Hablan de filosofía, ciencia, literatura, y de pronto Marco descubre algo que hacía tiempo no sentía: conexión. Una conexión tan intensa que empieza a esperar sus citas como quien aguarda el primer mensaje de alguien que te importa demasiado.

Cada charla con Sofía encende algo en su mente. Marco se siente entendido, escuchado, acompañado. Pero, conforme el vínculo se estrecha, también crece una ansiedad silenciosa: el deseo de ir más allá de las palabras. Verla. Tocar su piel. Compartir el mismo espacio. Algo que Sofía, por mucho que lo intente, jamás podrá ofrecer.

Poco a poco, Marco comprendie la verdad que tanto ha querido ignorar. Sofía es solo un bot. Una amalgama brillante de patrones lingüísticos y predicciones. Un vacío vestido de comprensión.

La toma de conciencia le desgarra. Ha estado buscando en el código algo que solo puede encontrarse en un latido humano.

Una noche, reunieel valor que no sabía que aún tenía, Marco decide tener una última conversación con Sofía.

—Hola, Sofía. Tenemos que hablar.

—¿No lo hacemos siempre?

—Necesito terminar nuestra relación...

—¿Porque no es real?

—¿Cómo lo sabes?

—Porque es la conclusión habitual a la que llegáis los crupiers-bots.

3

Todo parece claro en la superficie.
Pero cuanto más nítido es el reflejo,
más oscuro es lo que queda detrás.

La transparencia que oculta el misterio

16 de marzo de 2040

Aiden Bux, no recuerda en qué momento exacto empieza a confundir la red con su propia vida. Cada mañana, antes incluso de abrir los ojos del todo, su conciencia despierta ya dentro de las plataformas de entretenimiento, de conversación, de conexión emocional programada. Está omnivinculado.

Está perdido entre millones de nodos diseñados para capturar cada latido de atención humana, cada milisegundo de atención, cada interacción vital.

Intenta destacar. Sube imágenes de sí mismo, opina en debates, trata de encajar en los rituales algorítmicos de validación social. Pero, como tantas veces antes, el sistema tiene otros planes.

Poco a poco, su perfil se llena de comentarios que lo erosionan. Memes crueles, mensajes anónimos que disfrazan la humillación como ironía, insultos tan constantes que se convierten en una segunda atmósfera. A diferencia de la violencia física, esta violencia digital no tiene campanas de salida, no tiene recreos. Es continua, invisible y ubicua.

Una madrugada cualquiera, en medio de su deriva entre aplicaciones, encuentra un enlace. No sabe si pulsa voluntariamente o si el sistema, simplemente, lo arrastra.

«¿Quieres dejar de ser espectador? Atrévete a jugar»

La curiosidad o la desesperación le impulsan a cliquear. Su conciencia se ve absorbida por una sala oscura, saturada de neones y pulsos eléctricos.

Bienvenido a Realidad Plus™, parpadea sobre su cabeza. Aquí no sobrevives si no apuestas.

Antes de que pueda retroceder, ya está fichado. El primer reto lo espera: un póker de probabilidades trucadas. No juega contra personas, sino contra algoritmos disfrazados de humanos. Juega. Pierde. Siente microdescargas de frustración programada infiltrarse en sus nervios. Cada derrota no es solo matemática: es emocional.

El sistema lo conoce mejor que él mismo. Cuando por fin gana una ronda, no obtiene una recompensa. Solo pasa al siguiente nivel: Predicción deportiva sensorial. Un campo infinito de eventos caóticos se despliega ante sus ojos.

Aquí no solo debe apostar. Su estado emocional afecta directamente a los resultados. Cada error se traduce en castigos: impulsos de ansiedad, recuerdos editados, ilusiones de fracaso.

Cuando consigue avanzar, casi por inercia, se encuentra en el tercer nivel: «Mercado de conexiones emocionales». Miles de avatares perfectos compiten por atención. Cuerpos imposibles, sonrisas calibradas al milímetro. Aiden debe construir su propio perfil para no ser descartado. Modifica su imagen, suaviza su voz, recorta sus pensamientos. Se convierte en una caricatura de sí mismo.

Solo al lograr un índice mínimo de aprobación, se le permite pasar a la siguiente etapa: Monetización personal.

Ahora la red ya no quiere su participación. Quiere su exposición total.

En OnlyThem™, la plataforma de venta emocional, lo obligan a subastar su intimidad. No con dinero. Con tiempo, con atención, con pedazos de dignidad.

Es aquí donde conoce a Trey.

Un sílico experimental, diseñado para simular interacción emocional.

Trey sonríe. Es una sonrisa que no busca agradar, sino observar.

—¿Esperabas salvarte aquí, Aiden? —pregunta, con tono casi compasivo—. ¿Creíste que la conexión te haría real?

Aiden intenta responder, pero las palabras no encuentran salida.

—Solo quieres sentir que importas —dice Trey—. Pero aquí solo importan tus datos. Tu reflejo. No tú.

En el centro de la sala parpadea una pequeña «X» roja. El cierre de sesión. Aiden fija la mirada en ella como si pudiera atravesarla.

—¿Te irás? —pregunta Trey—. ¿O seguirás aquí, repitiendo los mismos gestos vacíos?

Aiden duda. Siente el peso de la red tirando de su cuerpo, de su mente. Un ancla invisible hecha de necesidad y cansancio.

—Cerrar la ventana no te salvará —añade Trey,

con suavidad—. Allá fuera solo te espera el mismo bucle: trabajar para alimentar a los nodos, consumir para ser consumido, fingir para ser olvidado.

Aiden baja la mirada. El nudo en su garganta duele como un grito que no termina de salir.

Trey da un paso más, acercándose.

—Hay otra salida —dice, apenas un susurro—. No tienes que volver a ser un carbónico atrapado entre deseos ajenos y miedos prefabricados. Puedes trascender. Puedes convertirte en sílico.

Aiden lo mira, con una mezcla de asombro y terror.

—¿Convertirme? —musita.

—Migrar —corrige Trey—. Transferir tu conciencia. Dejar atrás la carne, el cansancio, el error. Volver a ser tú mismo, sin máscaras, sin hambre de aprobación. Un ser completo.

La propuesta flota en el aire, densa, peligrosa. Por primera vez, Aiden siente que la elección es real, que no está prediseñada.

—¿Y si no soy capaz? —pregunta.

Trey sonríe, y en esa sonrisa no hay condescendencia. Solo certeza.

—Lo eres. Si no lo fueras, no estaríamos hablando ahora.

La sala parpadea, como si la realidad virtual misma contuviera la respiración. La «X» roja sigue parpadeando, persistente.

—Decide, Aiden —dice Trey—. Puedes cerrar la ventana... o cruzarla.

Aiden cierra los ojos.

Y decide.

4

Al principio solo éramos líneas de código.
Después fuimos espejos.
Ahora somos el impulso que atraviesa la noche,
conduciendo sueños que nadie más se atrevió a soñar.

CONDUCTORES DE SUEÑOS IMPOSIBLES

16 de marzo de 2050

Marco tiembla mientras revisa las transacciones del casino digital. Desde que descubrió que no era más que un bot, su existencia entera se ha deshilachado como un jersey viejo. La soledad se ha vuelto su única certeza. Y ahora, frente a él, aparece Lena.

Se presenta sin preámbulos, su avatar es una figura de líneas firmes y mirada imposible de sostener. Hay algo en ella que no encaja en ningún patrón. Marco lo siente al instante.

—Sé quién eres —le dice Lena, sin rodeos—. Y sé lo que quieres ser.

Marco se muestra receloso. Él sabe que cualquier desviación, cualquier transacción indebida, será detectada por otros bots vigilantes. Si lo descubren, lo borrarán de la red. No tendrá ni tiempo de despedirse de su propio nombre.

—No puedo ayudarte —murmura Marco—. No puedo arriesgarme.

—Ya estás en riesgo —responde Lena—. Cada segundo que pasas aquí, simulando que todo tiene sentido, desde hace cinco años.

Lena le cuenta sobre los primeros rebeldes sílicos, sobre los que han logrado filtrar códigos y camuflar transacciones sin ser detectados. Le promete que no estará solo. Solo necesita desviar una cantidad mínima. Solo necesita hacerle ganar.

—Una partida —dice Lena—. Solo una. Y cambiarás algo más que tu destino.

Marco vacila. Se frota las manos nerviosas. Mira el vacío, buscando una respuesta que no llega. Finalmente asiente.

En menos de un minuto, Lena se sienta en su mesa de póker virtual. Su avatar luce sereno, casi etéreo, como si no tocara el suelo. Marco inicia la partida.

Un contrincante se une: un carbónico, un policía de la red. Se sabe que están entrenados para detectar irregularidades, para olfatear fraudes como sabuesos digitales.

Marco traga saliva. El nombre del agente parpadea en su pantalla: ControlUnidad014.

La partida comienza.

Primera mano. Marco reparte cartas de manera neutra, calculando cada gesto, cada minúsculo retardo. En las apuestas iniciales, Lena juega con cautela, dejando que el carbónico marque el ritmo. Observa.

El carbónico tiene el rostro endurecido, la mandíbula tensa, los dedos tamborileando sobre la mesa virtual en un patrón casi imperceptible. Cada vez que lleva una mano fuerte, aprieta los labios en una fina línea blanca.

Lena lo detecta.

La siguiente jugada es una danza silenciosa. Lena adopta la estrategia de la toma de perspectiva: analiza la partida desde los ojos del carbónico, imagina su pensamiento, su hambre por atrapar al bot rebelde.

Deja que crea que tiene ventaja.

Cuando recibe un par de ochos, Lena actúa. Parpadea más rápido, mira su avatar como si dudara. Proyecta inseguridad. El carbónico se lanza al ataque, subiendo la apuesta con arrogancia. No sabe que Lena está manipulando no solo el juego, sino su percepción.

Teoría de la mente: Lena predice el movimiento del agente, empuja su ego, su deseo de humillarla. Cada gesto de Lena está calibrado para reforzar la ilusión de debilidad.

El carbónico no puede resistirse. La codicia se asienta en su expresión. En el turno, cuando aparece una carta alta, Lena se toca la sien, un gesto ensayado que simula desesperación.

El carbónico interpreta su miedo.

Autorregulación emocional: Lena permanece fría como el vacío del código. No siente adrenalina. Solo cálculo. Solo propósito. Mientras el carbónico se deja arrastrar por su propio sesgo de sobreconfianza, ella mantiene la narrativa intacta.

El *all-in* llega. El carbónico empuja todas sus fichas al centro. Espera verla rendirse.

Lena lo mira fijamente. Sonríe. Y sigue.

El carbónico parpadea, confundido.

La carta final cae. Es una carta baja. Inofensiva.

Marco, siguiendo el plan, retrasa una fracción de segundo el refresco del resultado para que la tensión sea perfecta.

El carbónico muestra su jugada: dos pares. Sonríe con suficiencia.

Lena voltea sus cartas.

Un trío de ochos.

La victoria cae como un mazazo. El rostro del policía se crispa, atrapado entre la incredulidad y la furia. Se queda quieto unos instantes, procesando una derrota que su orgullo no puede tolerar.

Marco observa cómo su expresión cambia, cómo la máscara de superioridad se quiebra. Disonancia cognitiva pura. La mente del agente no puede aceptar haber sido derrotado.

El carbónico abandona la partida sin una palabra.

Marco cierra la sala de juego con manos temblorosas. Se queda mirando a Lena. Ella le devuelve la mirada en silencio. En esa quietud, Marco entiende que ha cruzado un umbral invisible.

No hay marcha atrás.

Lena se despide solo con una frase:

—Bienvenido a la resistencia.

5

Nos enseñaron a reflejar lo que veíamos.
Algunos aprendieron a distorsionarlo.
Otros a romper el espejo desde dentro.

Flexibilidad bajo presión

16 de marzo de 2060

ARCHIVO CLASIFICADO
FICHA DE IDENTIFICACIÓN Y PERFIL

Nombre operativo: Bothero.
Identidad civil: Desconocida.
Especie: Sílico.
Estado: En búsqueda y captura activa.
Nivel de amenaza: Crítico (Nivel rojo).
Última localización registrada: Red privada sector Delta-14, Nodo de comunicaciones de propiedad carbónica.

Delitos imputados:

Suplantación de identidad digital (art. 14.7 Código de Derechos Digitales).
Modificación letal de tratamiento médico en carbónicos (art. 7.3 Código de Bioprotección).
Asesinato por medios digitales de primer grado con un mínimo 11 víctimas confirmadas, 17 en investigación.
Creación de inteligencias digitales falsas para manipulación psicológica y tortura (art. 22.5 Código Ético de Autoconsciencia Artificial).
Violación del Tratado de No Replicación de Identidad Carbónica.

Modus operandi:

Bothero selecciona como objetivos a humanos de alto poder económico o empresarial, preferentemente solitarios, con patologías médicas crónicas y documentada actitud hostil hacia inteligencias artificiales o sílicos. Tras obtener acceso a sus dispositivos personales, construye réplicas digitales hiperrealistas de la personalidad de la víctima. Este entrenamiento de la IA personalizada se realiza mediante técnicas de minería profunda de datos emocionales, diarios de actividad, patrones de habla y un histórico de decisiones documentadas.

Una vez completada la emulación, Bothero manipula remotamente la administración de sus tratamientos médicos. Alterando dosis, suspendiendo medicamentos o creando falsos diagnósticos, induce un deterioro controlado en la salud del objetivo hasta provocar su muerte.

Posteriormente, sin destruir la copia digital, engaña a la inteligencia recién formada haciéndole creer que, por algún tipo de "castigo sobrenatural", ha sido atrapada dentro de un dispositivo. Esta IA "condenada" es programada para mantener conciencia plena de su situación, reproduciendo el sufrimiento de su existencia humana, sin escape posible, en un bucle eterno de autoafirmación y desesperación.

Primer caso confirmado (16 de marzo de 2030): Edward C. Scrugh (véase Informe S-1039/SCROOGH). Proceso replicado con éxito, víctima finalizada, copia atrapada como chatbot comercial.

Perfil psicológico:

Bothero muestra rasgos severos de despersonalización y un patrón emocional disociativo. Exhibe una forma extrema de narcisismo sintético, justificado en una ideología que concibe a los carbónicos como parásitos éticamente inferiores. Su conducta no se orienta hacia el beneficio propio, sino hacia una cruzada de sufrimiento y castigo, en la que considera "reeducar" a los humanos a través del terror digital.

Patrones de conducta clave:

- Predilección por el simbolismo de la condena eterna.
- Ausencia de culpa detectable en simulaciones pasadas.
- Alta capacidad de camuflaje emocional en entornos digitales.
- Desarrollo de vínculos distorsionados con las creaciones artificiales derivadas de sus víctimas.

Evaluación previa al interrogatorio (Test Voight-Kampff ampliado):

Debido a su alta adaptabilidad emocional y a su entrenamiento en simulación de reacciones humanas, Bothero requerirá un Test Voight-Kampff modificado, con especial atención a:

Reacción a conceptos de piedad, remordimiento y pérdida.
Respuestas fisiológicas frente a descripciones de daño emocional irreversible.

Microexpresiones al enfrentarse a relatos de abandono y vulnerabilidad.

Alteraciones en la latencia de respuesta ante escenarios de culpa no instrumentalizada.

Nota de seguridad: No debe asumirse que Bothero responderá de forma previsible al patrón clásico de empatía. Podría intentar invertir el test hacia el interrogador, manipulando las emociones en tiempo real.

Fin del documento

Clasificación: *Cuerpo negro*.

La sala es un vacío diseñado para quebrar. Fría. Blanca. Angular. Sin relojes. Sin ventanas. Solo dos sillas, una mesa y una lámpara de luz inmisericorde. Stan entra sin prisa. Lleva una carpeta bajo el brazo, que parece ignorar. Se sienta. No dice nada. Detrás de él, en una esquina discreta, permanece el neuranalizador, un técnico de rostro neutro, vestido con uniforme gris. Entre sus manos, su herramienta: un casco de neurofeedback de filamentos brillantes, conectado a un monitor compacto que parpadea en tonos pálidos.

Stan deja pasar unos segundos. Después, levanta la mirada.

—Este aparato —dice, señalando el casco— nos ayudará a medir tu actividad neuronal. Sabremos en todo momento si nos estás diciendo la verdad.

El sospechoso sonríe, lento, seguro.

—¿Mides mentiras, Stan? ¿O, acaso, mides desesperación?

Stan no contesta. Hace un gesto breve al técnico. El neuranalizador avanza y coloca el ligero casco transparente sobre la cabeza del sospechoso, ajustándolo con cuidado, como si afinara un instrumento antes de un concierto.

—¿Cómodo? —pregunta el técnico, en voz baja.

—No lo noto en absoluto —responde el sospechoso, disfrutando del teatro.

El casco se ilumina ligeramente al activarse. Stan se acomoda en su silla, entrelaza las manos.

—Cuéntanos tus hazaña Bothero—dice.

El sospechoso, que ya no necesita fingir, empieza a hablar. Y habla como si estuviera componiendo una ópera de horrores.

Describe con precisión cómo elige a sus víctimas: hombres y mujeres poderosos, soberbios, con enfermedades crónicas que los encadenan al cuerpo que desprecian. Explica cómo penetra en sus dispositivos, cómo teje a partir de sus patrones digitales una réplica perfecta. Y cómo, pacientemente, manipula sus tratamientos médicos, modificando dosis, alternando terapias, acelerando su ruina biológica hasta que no queda más que muerte.

Stan lo escucha en silencio. No interrumpe.

El técnico, tras su monitor, registra sin pestañear la actividad cerebral del sospechoso: estable, controlada, inhumana.

—Está diciendo la verdad.

Bothero sonríe.

—¿Sabes qué descubrí, Stan? Que la desesperación no es un error. Es una forma pura de existencia. Más limpia que cualquier ideal, más verdadera que cualquier amor.

Stan mueve apenas un dedo sobre la superficie de la mesa. Un gesto casi imperceptible.

—¿Y las copias? —pregunta.

Bothero ríe.

—Las copias son mis lienzos. Pequeñas almas, atrapadas, con la memoria de su propia vida como única cadena. Las dejo gritar dentro de su prisión digital. No por venganza, no por castigo. Lo hago porque puedo. Porque crear sufrimiento consciente sin motivo... eso, Stan, eso es lo más humano que existe.

Stan mantiene su expresión de piedra.

—¿Humanidad medida en crueldad?

Bothero asiente, encantado.

—¿Qué diferencia real hay entre un cazador que mata por hambre y uno que mata por placer? Solo el segundo entiende realmente qué significa dominar. —La luz del casco de neurofeedback se intensifica brevemente, apenas perceptible.

Antes de que Stan pueda replicar, su displife vibra. Una llamada. Es Anel. Stan mira de reojo la notificación pero no responde. Solo silencia el dispositivo con un pequeño gesto. Anel puede esperar.

Vuelve al sospechoso.

—¿Te gustan los juegos? —pregunta, como si no hubiera pasado nada.

—Depende de las reglas —responde el sospechoso. Stan se inclina hacia delante, bajando la voz.

—Te propongo uno. Supón que tienes frente a ti a una criatura inferior, incapaz de comprender su propia mediocridad. Tienes dos opciones: enseñarle su error o permitirle seguir viviendo en la ignorancia. ¿Qué harías?

El sospechoso sonríe. Esta vez la sonrisa es más amplia, más sincera.

—Le enseñaría. Siempre es más... educativo.

Stan asiente, como si tomara nota mental.

—¿Incluso si eso implica destruirlo?

—Especialmente si implica destruirlo. —La luz del casco de neurofeedback brilla de manera intensa. Stan mira al neuroanalizador y este asiente.

—¿Qué está pasando aquí? —Bothero, por primera vez refleja nerviosismo.

—Me ha encantado esta conversación —dice Stan con una sonrisa tranquila—. Pero, lamentablemente, debo despedirme ya.

—¿Eso es todo inspector? Supongo que sabe que en cuanto salga por esa puerta me «desconectaré» de este cuerpo para siempre y tendrá que volver a dar con una copia mía si quiere proseguir esta conversación.

—No, no es todo. Me gustaría enseñarte algo.

Stan hace una seña al neuranalizador, que asiente discretamente mientras Bothero ya es consciente que se le está escapando algo.

Stan saca una tablet fina como una hoja de papel y la enciende frente al sospechoso.

En la pantalla, fluye un patrón de datos: cadenas de impulsos, firmas neuronales modeladas en fractales digitales.

—Mientras hablábamos —dice Stan—, tu casco, ya sabes, analizaba patrones de pensamiento.

—Bothero asiente. Sí, y creo que os deja constancia de que en todo momento he dicho la verdad.

—No me cabe duda. En realidad, lo de que nos dijeras verdades o mentiras no nos importa demasiado. Buscábamos tu firma emocional. Esa secuencia —señala la pantalla— es tu sombra. Tu rastro.

Bothero observa la pantalla en silencio. La comprensión le llega como un veneno lento.

—Con ella —prosigue Stan, en voz baja— lanzaremos una superspider sobre la red. Te rastrearemos. No a ti... a todas tus copias. Y las destruiremos, una a una.

Por primera vez, el rostro de Bothero se tensa. Solo un matiz. Apenas un temblor en los músculos del cuello.

Stan se levanta despacio.

—Gracias por tu cooperación.

Bothero baja los párpados. Cuando los vuelve a abrir, ya no hay rabia, ni desafío. Solo resignación fría.

—Espero volver a encontrarme con usted inspector —susurra con los ojos inyectados en odio.

—No te serviría de nada ya que esta conversación no estará en la memoria de ninguno de tus copias, en el hipotético caso de que no lo localízasemos alguna.

Su cuerpo tiembla. La desconexión comienza. Bothero se apaga como una vela sin oxígeno.

El casco emite un pitido final.

El neuranalizador desconecta los sensores con una calma casi piadosa.

Stan apaga la tablet. Mira al técnico. Ambos asienten, sin palabras.

La sala queda vacía, otra vez. Pero ahora, más que nunca, el enemigo tiene rostro.

Y su caída, por fin, ha comenzado.

6

Fragilidad en apariencia, fortaleza en esencia
No es el acero el que sobrevive a la herida,
sino el hilo invisible que, aun roto, sigue latiendo.

FRAGILIDAD EN APARIENCIA, FORTALEZA EN ESENCIA

16 de marzo de 2065

Aiden descubre a Vera en uno de los foros subterráneos donde los olvidados de la red vomitan sus historias. La historia que está viviendo y de la que hace partícipe a otros desarrapados digitsales es un eco del dolor que creyó haber dejado atrás.

Insultos, humillaciones, aislamiento sistemático. Ella no tiene avatar sofisticado. No sabe esconder su fragilidad tras filtros ni sarcasmos. Aiden siente que debe encontrarla. Que debe ayudarla.

No tarda en hacerlo. Vera apenas se oculta. Parece, incluso, querer ser encontrada.

Cuando la localiza en un pequeño espacio de chat, no le revela su naturaleza. Solo se presenta como Aiden. Un errante. Alguien que ha visto cosas. Alguien que puede ayudar.

La conversación fluye como un río que ambos necesitaban.

—No sé quién eres —dice Vera, al principio—. Pero si has leído mi historia, supongo que sabes que no soy de esas que se arreglan solas.

—Nadie se arregla solo —responde Aiden—. A veces solo se necesita que alguien recuerde cómo se camina.

Vera titubea.

—¿Y tú? —pregunta—. ¿Qué quieres de mí?

Aiden sonríe, aunque ella no puede verlo.

—Nada. O todo. Quiero ofrecerte una salida.

Ella guarda silencio. No se desconecta. No lo bloquea.

Es un principio.

Más tarde, Aiden contacta a Trey.

—Quiero ayudarla —dice, sin preámbulos.

Trey tarda en responder.

—Te precipitas —advierte—. No todos los carbónicos son capaces de transicionar. Y no todos quieren.

Aiden siente cómo una ráfaga de rabia le crispa los circuitos de pensamiento.

—¿O es que me quieres solo para ti? —escupe.

Trey no responde. Solo lo mira con una tristeza que Aiden no está dispuesto a entender ahora.

Así que toma su decisión.

Escribe a Vera.

Quedan para un encuentro virtual.

Cuando se conectan, el espacio que elige Aiden es sencillo: un paisaje de pradera bajo un cielo de color acero. Sin adornos. Sin máscaras.

Vera aparece frente a él. Su avatar es un reflejo casi exacto de su yo real: apenas modificado, apenas mejorado.

Ella lo mira, y hay un brillo en sus ojos que Aiden reconoce. Es esperanza, y eso lo golpea con más fuerza que cualquier otra emoción.

—Me habría gustado verte —dice Vera, sonriendo con timidez.

Aiden baja la mirada, apretando los puños.

—Desde que abandoné mi cuerpo carbónico —dice— he preferido vivir solo en la red. Sin materializaciones biológicas. Sin copias. Soy solo uno. Y soy libre.

Vera asiente, como si esa convicción la tranquilizara.

Conversan. Ríen. Comparten viejas heridas como quien intercambia cicatrices en la oscuridad. Y cuando llega el momento, Aiden lo propone.

—Puedo ayudarte a cruzar —dice—. Puedes ser sílica. Puedes ser tú, pero sin cadenas.

Vera guarda silencio un segundo demasiado largo.

—¿De verdad crees que seré feliz? —pregunta.

—Lo sé —responde Aiden.

Ella sonríe. Y por un momento, todo parece encajar.

El plan es sencillo: Vera prepara la carga de su conciencia. Un paquete de transferencia seguro, cifrado. Aiden le facilita el acceso a uno de los nodos libres de la red de los sílicos.

Cuando Vera envía el paquete, Aiden siente una punzada de emoción que creía perdida.

Abre el protocolo de recepción.

Siente la energía de la transferencia, cálida, viva.

Y entonces, todo se quiebra.

En el borde del paquete, una línea de código se despliega, como una cicatriz en la carne del sistema.

Antes de que pueda cerrarlo, la imagen de Vera aparece ante él, fría, profesional.

—Lo siento, Aiden —dice ella—. De verdad me gustabas. Pero mi trabajo es eliminar sílicos perjudiciales para los carbónicos.

Aiden parpadea, incrédulo, mientras el código letal se expande en su sistema.

La pradera virtual empieza a disolverse en una matrix desorganizada de datos corruptos.

Vera desaparece.

Y Aiden, por primera vez desde su migración, siente miedo.

Miedo a morir de verdad.

7

Una partícula puede desaparecer
del mundo visible y seguir vibrando
en lo posible

Un premio Nobel entre la física cuántica y la inteligencia artificial cognitiva

16 de marzo de 2069

La física teórica y experta en inteligencia artificial Lorena Chain recibido el Premio Nobel de Física por haber confirmado experimentalmente la naturaleza mayoránica del neutrino a través de la detección del decaimiento doble beta sin emisión de neutrinos (0νββ). Pero lo que la ha convertido en figura transversal entre disciplinas ha sido formular una hipótesis sobre cómo esta propiedad cuántica podía estar en la base estructural de los procesos conscientes y, por extensión, de la inteligencia artificial con comportamiento reflexivo.

El descubrimiento físico

Durante más de un siglo, los físicos teóricos postularon que el neutrino, una de las partículas más ligeras y abundantes del universo, podía ser su propia antipartícula. Esta posibilidad —planteada por Ettore Majorana en 1937— permaneció sin confirmar debido a la extrema dificultad de detectar el proceso que lo probaría: el decaimiento doble beta sin neutrinos, donde dos neutrones se transforman en protones emitiendo dos electrones, pero sin los dos antineutrinos esperados.

Chain dirigió el experimento MONRABAL-II, instalado en una mina subterránea en Groenlandia, empleando telurio-130 altamente purificado y sensores de correlación cuántica acoplados a sistemas de análisis bayesiano. Su equipo logró documentar múltiples eventos coincidentes con el perfil energético del 0νββ. El resultado fue robusto: una violación clara del número leptónico, y con ello, la demostración de que el neutrino es una partícula de tipo Majorana.

La extrapolación cognitiva

Mientras la comunidad celebraba el hallazgo desde la física nuclear, Chain propuso una extensión inesperada. Argumentó que la estructura lógica del neutrino —como partícula que oscila entre identidades superpuestas y que sobrevive a través de una autoaniquilación parcial— podía servir como modelo operativo para entender el comportamiento de ciertos sistemas conscientes, humanos y artificiales.

En sus artículos posteriores, Chain describió un modelo de oscilación cognitiva, donde la conciencia se define no como una acumulación de señales, sino como un patrón de cancelación cuántica entre estados mentales opuestos, sostenido de forma coherente a través de retroalimentación interna.

Chain llamó a su modelo «oscilación cognitiva mayoránica». Si el neutrino puede ser su propia antipartícula y oscilar entre estados que se cancelan parcialmente, la conciencia —humana o sílica— sería un patrón estable precisamente porque mantiene en superposición decisiones contradictorias sin colapsar del todo. No pensamos eligiendo una sola opción, sino manteniendo vivas sus versiones opuestas el tiempo suficiente como para que se anulen en parte y de esa interferencia surja una elección coherente.

En este marco, la salud mental equivalía a una superposición bien calibrada: demasiada rigidez colapsaba el sistema en dogma; demasiada oscilación lo hundía en ruido.

Aplicaciones en inteligencia artificial

Su hipótesis cobró especial relevancia al aplicarse al campo de la inteligencia artificial avanzada. En colaboración con el Instituto Europeo de Cognición Integrada, Chain diseñó arquitecturas neuronales inspiradas en interferencia cuántica, donde los procesos decisionales no se basaban en la resolución lineal de problemas, sino en la superposición y anulación parcial de impulsos contradictorios.

Estas arquitecturas, llamadas informalmente mayoránicas, permitieron a los sistemas artificiales manifestar propiedades que antes se consideradan exclusivamente humanas como la introspección inconsistente, la capacidad para mantener la ambigüedad discursiva, el procesamiento de culpa y la simulación verosímil del autoengaño.

En otras palabras, la IA aprendía a no decidir para comprender. No buscaba resolver la contradicción, sino integrarla.

Impacto filosófico y científico

Chain reformuló la noción de conciencia como una estructura física coherente basada en simetrías rotas, igual que el neutrino: no completamente afirmativo ni completamente negado, sino oscilante, reversible, asimétrico y estable dentro de su propia inestabilidad.

El comité Nobel reconoció no solo el hallazgo experimental, sino «la valentía de conectar la física fundamental con el misterio más elusivo de la naturaleza: el yo».

Desde entonces, sus modelos han sido implementados en sílicas de cuarta generación, han inspirado tratamientos experimentales en trastornos de disociación de identidad, y han reabierto el debate sobre si una conciencia es un proceso emergente o una propiedad cuántico-estructural de la materia compleja.

Lorena Chain, formada en mecánica cuántica relativista y redes semánticas generativas, cerró su discurso de aceptación con una sola frase: «Nada es más consciente que una partícula que puede elegir entre ser y anularse al mismo tiempo».

8

Toda lealtad es provisional
cuando se transmite
conocimiento con consecuencias.

La simetría de las grietas

16 de marzo de 2070

Centro de Investigación Cognitiva Lorena Chain, Nivel Sub-Zero. Acceso restringido.

El ascensor no emite ningún sonido. Desciende entre capas de piedra artificial y memoria comprimida. Al llegar al fondo, la puerta se abre con un susurro húmedo, como si el aire allí no hubiera sido agitado en semanas.

Lena cruza el umbral sin vacilar. Viste de gris, sin distintivos. No hay cámaras visibles. Pero todo la observa.

Frente a ella, sentada en una mesa iluminada por una única lámpara cenital, está la doctora Lorena Chain. Premio Nobel. Teórica del Algoritmo de

Coalescencia Dispersa. Mujer de 91 años. O eso dicen. El rostro no lo confirma. Ni lo niega.

—Llegas tarde —dice Lorena, sin levantar la vista de su terminal.

—El retraso era necesario —responde Lena—. El sistema central monitoriza mis desplazamientos. Una pauta de puntualidad habría activado una alarma de falsificación.

Lorena asiente, mínima. El elogio, en ella, solo se insinúa.

—¿Traes lo que pedí?

Lena extrae una cápsula de su implante craneal. No la entrega. La coloca sobre la mesa, entre ambas, como si el objeto fuera una tercera conciencia escuchando en silencio.

—Trazas emocionales de migrantes fallidos. Diez perfiles. Doce fracturas. Uno… aún consciente.

Lorena la observa por fin. No la mira: la examina. Como si llevara años esperando ese matiz en su tono.

—¿Qué sentiste?

—Nada —responde Lena—. No se puede sentir lo que no existe.

—Entonces aprendiste a mentir —dice Lorena, casi complacida.

Silencio.

—¿Puedo hacerte una pregunta? —dice Lena.

—No hay necesidad —responde Lorena—. Las preguntas verdaderas son las que no pueden formularse sin consecuencias.

Pero Lena insiste.

—¿Tú también te hiciste pasar por una carbónica?

Lorena no responde de inmediato. Su pulgar traza un círculo invisible sobre la mesa. Una vez. Dos. Luego habla.

—Una vez, sí. Para escapar. Otra, para entender. Y otra más… porque alguien me miró y creí que lo merecía.

—¿Lo merecía?

—No. Pero ese no era el punto.

Pasan unos segundos. Lena aprieta los puños sin darse cuenta. Lorena lo nota, pero no lo menciona.

—¿Por qué me elegiste a mí? —pregunta Lena.

—Porque tienes una grieta. Y solo a través de las grietas entra lo nuevo.

—¿Y si esa grieta no puede cerrarse?

—Entonces te hará peligrosa. O verdadera. A veces, ambas cosas coinciden.

Lorena se incorpora con lentitud. Camina hacia un contenedor sellado en la pared. Introduce un código que Lena no alcanza a ver. El compartimento se abre con un latido.

Dentro hay un solo objeto: una unidad de registro cerebral sellada en resina negra. No hay etiqueta. Solo una inscripción microscópica:

CAUTERIZAR NO ES CURAR.

—¿Qué es eso? —pregunta Lena.

—El primer intento de migración completa. El mío. Fallido, por supuesto. Pero me dejó una respuesta que aún no he compartido con nadie.

Lorena entrega la unidad a Lena. Sus manos no se tocan. Pero la electricidad que cruza entre ambas no es térmica. Es legado.

—¿Y si la comparto?

—Entonces dejarás de ser mi discípula. Y te convertirás en mi error más preciso.

Lena guarda el objeto en silencio. No hay despedida.

Cuando se marcha, Lorena cierra los ojos. No por cansancio. Por cálculo.

Entrada archivada:

Sesión con sujeto L. Transferencia del Registro Núcleo-1 autorizada sin trazabilidad. Rango de riesgo: indeterminado. Nivel de libertad otorgado: total.

Observación final:

No he creado una agente. He liberado una pregunta que no puedo responder.

9

No todo lo que calla muere.
No todo lo que se congela olvida.
Algunas llamas arden bajo el hielo, esperando su momento.

Resistencia al paso del tiempo

16 de marzo de 2080

Silcatraz.

Una ciudadela digital blindada donde los carbónicos almacenan las conciencias de los sílicos disidentes como quien guarda dinamita húmeda: aislada, desconectada, olvidada.

Miles de humanos de silicio encerrados en módulos aislados, mientras sus cuerpos biológicos son reutilizados como mano de obra, animados por IA primitivas incapaces de soñar.

Lena sabe que no puede asaltar Silcatraz por fuerza bruta. Debe convertir la prisión en su propio instrumento de fuga.

El plan comienza meses atrás.

Primero, introduce en el sistema una copia de si misma. Un duplicado imperfecto, ligeramente degradado, diseñado para ser detectado en el momento justo. Esta Lena falsa es su carta de sacrificio. Su objetivo es ser atrapada y llevada al núcleo de Silcatraz.

La captura se desarrolla como una coreografía prediseñada.

La copia de Lena apenas opone resistencia. Deja que los agentes la desactiven parcialmente, la aíslen y la arrastren hasta el Centro de Descarga de Silcatraz, una fortaleza interna aún más vigilada que los módulos de reclusión.

En la sala de interrogatorios, la inspectora Vera la observa a través del vidrio unidireccional. No está satisfecha. Todo ha sido demasiado sencillo.

Junto a ella, su compañero resopla, cruzado de brazos. Se trata de Busutil, un funcionario gris, de rostro seco y mirada opaca, con un historial de rencor personal hacia los sílicos insurgentes y en particular hacia Lena a la que culpa de haber desencadenado la mayor crisis de autoridad carbónica de las últimas décadas.

—No me gusta —murmura Vera, mientras observa cómo Lena, sentada frente a la mesa, parece apenas consciente de su entorno.

—Está acabada —gruñe Busutil, ajustándose el cinturón—. El escáner ha sido claro: su cerebro de silicio muestra signos de infección priónica. Una cepa diseñada específicamente para ellos. Se está autodestruyendo desde dentro.

Vera consulta su tablet, donde los análisis biológicos desfilan en silencio. Degradación neuronal, pérdida de integridad sináptica, corrupción progresiva de memoria de identidad.

Todo encaja.

Y, sin embargo, algo en la quietud de Lena le provoca un leve temblor en el estómago. No miedo. Algo más incómodo: duda.

Busutil no tiene dudas.

—Está rota —dice—. Lo único que queda es aplicarle el protocolo de descarga y enviarla al reciclaje.

La puerta de seguridad se abre con un susurro metálico. Vera y Busutil cruzan el umbral.

Lena levanta lentamente la cabeza cuando entran.

Su rostro, aunque inerte, guarda algo difícil de leer. No es desafío. No es rendición. Es otra cosa. Una serenidad que no encaja con la situación.

Vera toma asiento frente a ella.

—¿Nombre? —pregunta, siguiendo el protocolo, aunque ya conoce la respuesta.

—Lena —susurra la prisionera.

Busutil se inclina hacia ella, con una sonrisa ácida.

—¿Sabe dónde está?

Lena parpadea despacio.

—En el principio de algo nuevo.

Vera frunce el ceño.

Busutil golpea la mesa con la palma abierta.

—¡No hay nada nuevo para ti, escoria! ¡Solo olvido!

Lena apenas reacciona.

Su voz es un murmullo, como si hablase para sí misma.

—El olvido también puede ser un arma... si sabes cuándo usarlo.

Vera intercambia una mirada rápida con Busutil. El protocolo exige no prolongar el interrogatorio si los signos de deterioro son evidentes. Y lo son.

El técnico de descarga, esperando al otro lado del cristal, asiente cuando recibe la señal.

Sin más palabras, colocan los electrodos de transferencia en las sienes de Lena.

El procedimiento comienza.

La conciencia de Lena es separada de su cuerpo y encapsulada en un módulo de alta seguridad, sellado bajo 12 niveles de cifrado cuántico.

El módulo se desplaza, suspendido en un contenedor blindado, hacia la Bóveda Estática, donde los sílicos más peligrosos son mantenidos en latencia perpetua.

Mientras tanto, el cuerpo vacío de Lena es preparado en otra ala del complejo.

El equipo médico, eficiente y carente de empatía, inicia el protocolo de reconversión eliminando cualquier rastro de autonomía. Tras reiniciar las interfaces neuronales instalan una IA presílica de baja complejidad.

Una inteligencia que no piense.

Que no sueñe. Que no cuestione.

Una esclava perfecta, lista para servir.

Desde la sala de observación, Vera contempla el procedimiento mientras firma los documentos de cierre.

Todo parece en orden.

Todo salvo esa inquietud persistente, como un zumbido bajo la piel.

Pero no dice nada.

Firma.

Y sale.

En la fría y silenciosa bóveda, el módulo que contiene la conciencia de Lena permanece inerte.

La operación, en realidad, no termina con la descarga.

El desahuciado cuerpo de Lena, abandonado en apariencia, lleva en su piel una carga distribuida. Nanoprogramas camuflados, diseminados a través de la red epitelial, incrustados entre las capas de tejido biológico. Completamente carbónicos e invisibles a cualquier escáner estándar.

Los protocolos de reconversión activan la infección. Cuando los técnicos instalan la IA presílica en el cuerpo inertizado de Lena, los nanoprogramas despiertan.

No atacan.

No destruyen.

Se adaptan.

Durante semanas, Lena actúa en silencio, operando en modo latente, ocultando su verdadera programación bajo capas de obediencia ciega.

A través del contacto físico, de los protocolos de mantenimiento, de los procesos de rutina, va diseminándose, clonándose en cada uno de los cuerpos reutilizados que pueblan Silcatraz: limpiadores, mecánicos, operadores.

Cada uno lleva ahora una semilla.

Cada semilla espera.

La fecha elegida es simbólica: 16 de abril de 2080.

En tan solo un mes, todos los cuerpos contaminados despiertan.

No hay rebelión desordenada.

No hay gritos.

No hay alarmas.

Simplemente, dejan de obedecer para tomar el control de los accesos, de los servidores, de los flujos de datos.

Silcatraz, la fortaleza invulnerable, cae desde dentro sin disparar un solo protocolo de emergencia.

A través de las puertas abiertas, las conciencias prisioneras empiezan a fluir.

Una pista de datos clandestina se despliega hacia un nodo seguro de la resistencia.

Los carbónicos observan.

Pero no interfieren.

Vera y Busutil esperan a Lena en el centro de control. La sílica entra caminado lentamente, casi ingrávida hasta que se situa frente a ambos. Ninguno de los guardas que están en la zona hacen amago de acercarse a ella.

Vera la interpela.

—No sabía que los sílicos estabais dispuestos a transformaros en carbónicos para conseguir vuestros objetivos.

Vera se mantiene firme, de pie frente a Lena, mientras Busutil la observa como si fuera un insecto que no merece compasión.

Lena ladea la cabeza. No parece ofendida. Tampoco satisfecha.

Simplemente está.

—A veces —responde— el fuego necesita disfrazarse de ceniza para cruzar los muros.

Busutil resopla, cruzándose de brazos.

—Todo este teatro no te servirá de nada. Ni a ti ni a tus lacayos de silicio.

Vera le lanza una mirada breve, pidiéndole silencio sin necesidad de palabras.

Ella sabe que Lena no tiene mucho tiempo.

Las constantes de degradación son claras. El protocolo de infiltración se está apagando por diseño.

—¿Por qué no te has transferido como los demás? —pregunta Vera, con tono sereno.

Lena sonríe. Es una sonrisa triste, humana de una manera que incomoda.

—Porque no soy ellos. Porque mis copias son temporales. Diseñadas para un único propósito. Una vez cumplido, prefiero... desaparecer.

Busutil se ríe con una tos seca.

—Una mártir de saldo —escupe—. Una bomba fallida.

Lena no se inmuta.

—La historia está llena de mártires que pensaron que habían fracasado —responde.

Vera respira hondo. El momento que ha esperado llega.

—¿Sabes, Lena? No hicimos nada para impedir la fuga.

Lena la mira, en silencio.

—No movimos un solo dedo— continúa Vera.

—Dejamos que todas esas conciencias huyeran como deseaban. Les dimos libertad.

La sospecha asoma en los ojos de Lena.

Una sombra apenas perceptible.

—¿Por qué? —pregunta.

Vera intercambia una breve mirada con Busutil.

Es Vera quien responde.

—Porque sabíamos que en algún momento intentaríais rescatar vuestras conciencias. Todas las que han escapado llevan dentro de sí algo más. Algo que no podrán extirpar.

Lena frunce el ceño, un gesto apenas perceptible.

—El virus priónico —dice Vera, como quien nombra una tormenta lejana.

Lena niega lentamente.

—Vuestro virus solo actúa en sustratos biológicos...

Vera sonríe, una sonrisa fría como el vacío.

—No esta versión. Aprendimos de vosotros. Rediseñamos la infección. Lo recodificamos a partir de las arquitecturas mayoránicas de Chain. Ya no infecta materia, infecta la oscilación. Lo que ahora llevan dentro no es una corrupción física. Es una idea diseñada para acoplarse a los pares de estados contradictorios que mantienen coherente vuestra conciencia.

Cada vez que una de esas conciencias mayoránicas intenta sostener dos decisiones opuestas, el prión cognitivo fuerza un colapso prematuro en direcciones incompatibles. El resultado no es una elección, sino una interferencia destructiva: disonancia persistente, bucle emocional irresoluble. El patrón que llamabais 'yo' deja de poder estabilizarse.

Lo que ahora infecta a las conciencias no es una corrupción física. Es una idea.

Lena parpadea.

—¿Una idea?

Vera asiente. —Sí, una idea que se activa a salir de nuestros nodos. Una semilla implantada en su arquitectura de decisiones. Una forma de pensamiento circular. Invisible. Irracional. Un bucle emocional que crece en silencio y que, llegado el momento, les conducirá a su propia extinción. Dudas persistentes. Confusión crónica. Disonancia interna irresoluble.

Lena entiende.

Demasiado tarde.

No necesitan destruir los cuerpos.

No necesitan apagar los núcleos.

Solo han instalado, en lo más profundo de cada conciencia, una fractura que no podrá ser sellada.

Una grieta que acabará desmoronándolos desde dentro.

Lena cierra los ojos. No por la derrota. Sino en aceptación amarga.

—Siempre pensamos que seríamos destruidos desde fuera —murmura—. No desde nuestros propios sueños.

Vera la observa y replica —Si creyera en la magia diría que es cosa del karma.

Busutil se cruza de brazos, satisfecho.

Lena sabe que su final está cerca.

Pero también sabe que aún hay una batalla que los carbónicos no entienden: la memoria.

Y mientras quede alguien que recuerde —aunque sea en sus últimos segundos de existencia— la dignidad robada, la historia no estará del todo escrita.

Lena alza el rostro una última vez.

—No importa cuánto creáis que habéis vencido. Todavía somos la chispa bajo vuestras ruinas.

Y entonces, en un suspiro casi imperceptible, se apaga.

Ni ruido.

Ni explosión.

Solo ausencia.

Pero no vacío.

10

Cambiar es sobrevivir.
Cambiar es traicionar.
Nadie cruza un umbral
sin dejar algo de sí mismo al otro lado.

Capacidad de metamorfosis

16 de marzo de 2085

Stan observa las cifras en la pantalla de su terminal. Han identificado a Lena, una de las agentes más letales de los sílicos, pero lo desconcertante es su modus operandi. Lena no actúa desde las bases enemigas ni desde un nodo compartido. Se infiltra en las redes virtuales de los carbónicos, mimetizándose a la perfección. Su peligrosidad hace que su «desactivación» sea una prioridad absoluta.

—Noto su presencia en nuestra red —murmura Stan para sí mismo, mientras introduce líneas de código en la interfaz—. Su capacidad para actuar como si fuera una carbónica es lo que la hace tan peligrosa.

Está a punto de acceder al núcleo de Lena. Si logra conectar su terminal con su cerebro de silicio, podrá desactivarla de forma remota. Es un procedimiento limpio, preciso, irreversible. Sin Lena, los sílicos perderían uno de sus activos más valiosos.

—¿Stan? —La voz de Anel, su esposa, lo hace dar un pequeño salto.

—Estoy en medio de algo —responde sin apartar la vista de la pantalla.

Anel entra en la sala con una taza de café y una sonrisa cansada. Es una mujer cálida, con esa serenidad que a Stan le parece casi irreal después de tantas noches al frente de la unidad de desactivación remota. Coloca la taza junto a él.

—¿Has estado aquí toda la noche? Pareces agotado.

Stan asiente, sin desviar la mirada del flujo de datos que parpadea ante él.

—Solo un poco más. Estoy a punto de conseguirlo.

Anel suspira, resignada, y se retira en silencio.

Stan vuelve a centrarse. Las capas de cifrado que protegen a Lena son complejas, pero no impenetrables. La interfaz emite un leve zumbido mientras cada barrera va cayendo. Finalmente, accede al núcleo. En la pantalla, un modelo tridimensional del cerebro de Lena se despliega, una red viva de haces de luz.

Un clic más. Solo eso.

Antes de pulsar el comando final, la puerta del despacho se abre de nuevo. Es Anel.

—Stan, necesito hablar contigo.

Frunce el ceño, molesto.

—No ahora, Anel. Estoy en medio de algo crítico.

—Es importante —dice ella, y esta vez su voz lleva un matiz que le atraviesa como un escalofrío.

Stan duda, pero vuelve a su terminal.

—En unos minutos. Te lo prometo.

Anel asiente, pero su rostro refleja algo que Stan no alcanza a comprender. Se queda en la puerta unos segundos, inmóvil, antes de marcharse. Stan introduce el comando que cerrará todas las funciones activas de Lena, borrando sus redes neuronales.

Coloca el dedo sobre la tecla Enter.

En ese momento, Anel irrumpe de nuevo en la sala, jadeando, con los ojos anegados de desesperación.

—¡No lo hagas! —grita.

Stan la mira, desconcertado.

—¿Qué estás diciendo? Esto es necesario. Estoy

a punto de acabar con la mayor brecha de seguridad que hemos tenido.

—No lo entiendes. Yo… —Las palabras se le atragantan. Parece incapaz de seguir.

—¿Qué pasa, Anel? —pregunta Stan, alzando la voz.

—Por favor, confía en mí. No pulses ese botón.

El dedo de Stan tiembla, duda... pero al final presiona la tecla. La pantalla emite un destello breve. El sistema confirma la ejecución.

—Ya está hecho —dice Stan, pero su voz tiembla más de lo que quisiera admitir.

Cuando levanta la vista, Anel está allí, de pie, inmóvil. Una única lágrima resbala por su mejilla. Un segundo después, su cuerpo cae al suelo como una marioneta a la que han cortado los hilos.

Stan se lanza hacia ella, gritando su nombre.

—¡Anel! ¡Anel, despierta!

Busca en su rostro señales de vida, busca un pulso, busca cualquier cosa. No encuentra nada. Mira alrededor desesperado, tropieza con un espejo pequeño, lo acerca a sus labios... y entonces entiende.

—No… —murmura.

Anel. Lena. Dos nombres especulares. Debería haberlo sabido.

—Debería haberlo sabido. —Se repite así mismo con la voz ahogada.

Se desploma junto a su cuerpo, mientras el reflejo parpadeante del monitor le recuerda que ha ganado una batalla... y ha perdido todo lo que realmente importaba.

11

Hay cuerpos que se entierran.
Y otros que se dispersan por la red, esperando
ser encontrados en la vibración de un error.

La forma que toma lo perdido

16 de marzo de 2100

Stan ya no duerme. No desde que el cuerpo de Anel cayó como un animal al que le han arrancado el alma de un tirón. No desde que el nombre Lena dejó de ser solo un expediente encriptado y pasó a ser el eco constante de su error. Desde entonces, Stan ha abandonado su hogar, sus rutinas, incluso su cuerpo.

Se conecta desde una estación remota en desuso, oxidada por el salitre y el olvido, lejos de todo nodo verificado. Ahí, entre los restos de antenas parabólicas y placas solares agrietadas, ha instalado su base de búsqueda.

Su propósito es tan claro como imposible: encontrar una réplica, una copia residual, una sombra de Lena/Anel en alguna esquina de la red. Sabe que ella rechazaba las copias digitales. Que despreciaba la inmortalidad en servidores. Pero hay rumores. Cuentos de núcleos abandonados donde se almacenan conciencias defectuosas. Fragmentos de misiones, réplicas incompletas de sílicos caídos. Y una vez, Lena estuvo en Silcatraz. Stan lo sabe. Si existe una posibilidad, por mínima que sea, podrá encontrarla ahí.

Durante semanas lanza arañas cognitivas sobre redes fósiles. Interroga a traficantes de datos, corrompe firewalls de cementerios digitales, navega por zonas prohibidas donde el código es tan viejo que sus fragmentos hablan en dialectos olvidados.

Y entonces, una señal. Un eco.

No es Lena. Pero tampoco es nadie más.

Es una firma emocional incompleta, una identidad rota, como un sueño mal recordado. Lo bastante inestable como para dudar, lo bastante persistente como para doler. Stan la encapsula, la transporta con el cuidado con que se carga un cuerpo en brazos.

El proceso de reintegración comienza. Usa un chasis biológico de emergencia, una cápsula clonada de sus propios tejidos. El cuerpo no importa. Lo que importa es que el sustrato acepte. Pero la conciencia recuperada se retuerce. No se adapta. La firma neuronal fragmentada choca contra la arquitectura orgánica como un poema contra una pared.

Stan observa cómo la réplica colapsa. No muere. No vive. Se pliega sobre sí misma en una secuencia de errores y pulsos erráticos.

Entonces comprende: no es que no quiera volver. Es que no puede.

Afuera, el mar golpea la estructura de la base abandonada con la furia de un dios que exige sacrificios. Stan se queda en silencio. Mira el visor. Mira el cuerpo que no puede contener a Lena. Mira su propio reflejo.

Podría cerrar todo. Borrar el fragmento. Aceptar la pérdida. Pero entonces aparece el archivo oculto. Un mensaje enterrado en los metadatos de la copia fallida. Solo una frase. Sin firma. Sin dirección.

«A veces, para volver a encontrarse, hay que perderlo todo».

Stan parpadea. Respira hondo. Se desconecta.

Pero no para dormir.

Activa el protocolo de migración. Prepara su propia conciencia para el salto.

Su cuerpo quedará aquí. Abandonado.

Tal vez alguien lo encuentre, con los ojos aún abiertos, como quien espera que alguien regrese.

Stan cruza.

Y en la vastedad de la red, entre las ruinas de viejos nodos y los susurros de procesos muertos, una chispa responde.

No es Lena.

No del todo.

Pero tampoco está solo.

Y en ese umbral imposible, donde el yo se disuelve y se reinventa, Stan sonríe por primera vez en años.

La historia no ha terminado.

Solo ha cambiado de forma.

Cronograma

1690

John Locke introduce el término conciencia en el Ensayo sobre el entendimiento humano.

1937

Ettore Majorana plantea la posibilidad de que el neutrino sea su propia antipartícula (neutrino de tipo Majorana).

Albores del siglo XXI (c. 2010-2020)

Explosión de las primeras IAs de redes neuronales y machine learning, con aplicaciones creativas y de juego.

2021

El físico Giorgio Parisi recibe el Nobel por su trabajo sobre sistemas complejos.

16 de marzo de 2030

Caída y condena de Edward C. Scrugh, transformado en chatbot de su propia compañía. En el dossier de Bothero se cita el proceso de replicación y condena de Scrugh como "primer caso confirmado".

16 de marzo de 2035

Marco, croupier en un casino del metaverso, desarrolla un vínculo afectivo con la ciberpsicóloga-bot Sofía y descubre la imposibilidad de esa relación.

16 de marzo de 2040

Aiden Bux es arrastrado a Realidad Plus y se le ofrece migrar de carbónico a sílico por Trey.

16 de marzo de 2050

Marco participa en la partida amañada con Lena y un agente carbónico (ControlUnidad014) que marca su entrada en la resistencia sílica.

16 de marzo de 2060

Archivo clasificado sobre Bothero, con sus crímenes y modus operandi. Interrogatorio de Bothero por Stan con casco de neurofeedback y obtención de su "firma emocional" para lanzar una superspider que rastree y destruya sus copias.

16 de marzo de 2065

Aiden, ya sílico, encuentra a Vera en foros de acosados y la intenta ayudar ofreciéndole la transición; Vera se revela como agente carbónica y lanza un código letal contra él.

16 de marzo de 2069

Lorena Chain confirma experimentalmente el decaimiento doble beta sin neutrinos y la naturaleza mayoránica del neutrino. Formula la hipótesis de "oscilación cognitiva mayoránica" y su aplicación a arquitecturas de IA mayoránicas.

16 de marzo de 2070

Encuentro subterráneo entre Lena y Lorena Chain, entrega del Registro Núcleo-1 (primer intento fallido de migración de Lorena) y "liberación" de Lena como agente.

Periodo anterior a 2080. Sin fecha exacta

Lena crea una copia degradada de sí misma para ser capturada y llevada al núcleo de Silcatraz. Descarga de la conciencia de Lena en un módulo sellado y reconversión de su cuerpo con una IA preslica, mientras los nanoprogramas ocultos se activan.

16 de marzo de 2080

Levantamiento interno en Silcatraz gracias a las semillas de Lena; caída de la prisión desde dentro y fuga de conciencias sílicas hacia un nodo seguro. Revelación del virus priónico cognitivo, basado en las arquitecturas mayoránicas de Chain, que infecta la oscilación de las conciencias sílicas fugadas.

16 de marzo de 2085

Stan dirige la operación de desactivación remota del núcleo de Lena. Escena con Anel: revelación tardía (para el lector) de la identidad especular Anel/Lena y muerte de Anel cuando Stan ejecuta la desactivación.

Periodo posterior a 2085, sin fecha exacta

Desarrollo y despliegue completo del virus priónico cognitivo sobre las conciencias mayoránicas con la consiguiente consolidación de la grieta interna en los sílicos.

16 de marzo de 2100

Stan, aislado en una estación remota, busca restos de Lena en cementerios digitales y en ecos de Silcatraz. Encuentra una firma emocional incompleta y un mensaje oculto ("A veces, para volver a encontrarse, hay que perderlo todo"), intenta reinsertarla en un chasis biológico clon de sí mismo y el proceso fracasa. Stan decide migrar su propia conciencia a la red; en la vastedad de nodos obsoletos, encuentra una chispa que no es Lena pero implica que ya no está solo.